AF272504

## Über dieses Buch

Eigentlich wollte der Musikkabarettist Bewie Bauer in jungen Jahren berühmter Rockstar werden. So ganz hat das nicht geklappt, aber dafür hat er auf dem Weg zum gescheiterten E-Gitarristen jede Menge erlebt. Diese Erlebnisse verarbeitet Bewie Bauer in 26 kurzweiligen und unterhaltsamen Anekdoten von A bis Z. Die ideale Lektüre und das perfekte Geschenk für Gitarristen und solche, die es werden wollen.

# Lassen Sie mich durch, ich bin E-Gitarrist

Bewie Bauers E-Gitarren-Geschichten
von A bis Z

**Impressum**
2. Auflage, April 2024
© 2022 Martin Bewie Bauer, München
Herstellung und Verlag: BoD – Books on Demand, Norderstedt
ISBN: 978-3-7568-5617-6

# A wie Akustikgitarre

Meine erste Gitarre, die ich in meinen zarten jugendlichen Händen hielt, war eine Akustik-Gitarre. Wenn ich aber ganz ehrlich bin, hab ich als Teenager nicht von einer Akustik-Gitarre geträumt, sondern von einer E-Gitarre, denn meine Vorbilder waren Angus Young, Slash oder Jimmy Page. Aber man musste nehmen, was gerade zur Verfügung stand. Und in fast jedem Haushalt fand man eine einfache Akustikgitarre, manchmal auch Wandergitarre genannt. So war es eben auch bei mir zu Hause, was nicht ganz einfach für mich war, denn ich hatte mich ja geistig schon komplett auf E-Gitarre eingestellt. Als ich das erste Mal eine Akustikgitarre in der Hand hielt, kamen unmittelbar die ersten, großen Fragezeichen: Wo stecke ich den Verstärker an? Wo ist der Verzerrer und was soll das große Loch in der Mitte?

Das Schallloch der Akustikgitarre: Wie oft hatte ich mich darüber schon geärgert, weil wieder eine Münze oder ein Plektrum hineingefallen war und ich stundenlang die Gitarre kopfüber hin- und herschwenkte, bis das Teil endlich wieder rausflog. Irgendwann gab ich es auf und ließ die hineingeflogenen Sachen einfach drin. Umso größer war die Überraschung beim nächsten Saitenwechsel, als der Zugang zum Schallloch wieder uneingeschränkt war.

Was kam da alles zum Vorschein: Geldstücke, Plektren, Taschentücher, Liebesbriefe, Songtexte, Kaugummis, Pausenbrote, leere Bierflaschen, eingelagerte Winterreifen. Wer sich über überfüllte Handtaschen seines Partners beschwert, sollte einmal einen Blick in das Schallloch einer Akustikgitarre werfen. Der Wert des Inhalts kann manchmal den eigentlichen Wert der Gitarre deutlich übersteigen. Aber selbst, wenn der Korpus einer Akustikgitarre komplett leer ist, kommt der Sound niemals an eine E-Gitarre, wie ich sie mir immer gewünscht hatte, heran. Ich kann verstehen, dass viele Leute eine Akustikgitarre gern mit Lagerfeuerromantik verbinden. Schließlich brennt sie deutlich besser als eine E-Gitarre.

# B wie Bauer äh Bandbus

Schon öfter habe ich mir bei manchen Bands die Frage gestellt, nach welchen Kriterien Bandmitglieder ausgesucht werden. Derweil ist es eigentlich ganz einfach: Willst du in einer Band spielen, beherrschst aber dein Instrument nur bedingt, dann leg dir einfach einen Bus zu und schon wirst du dich gegen alle anderen Bewerber um den Posten in der Band durchsetzen.

Wenn ich mir zum Beispiel die Band Nirwana ansehe: Kurt Cobain hat sicher tolle Songs geschrieben, wenn man aber seinem Gitarrenspiel lauscht, dann bin ich mir ziemlich sicher, dass er einen grandiosen Bandbus gehabt haben muss. Anders ist nicht erklärbar, warum er der Kopf einer der erfolgreichsten Grunge-Bands der Welt wurde.

Übrigens: Der Bandbus ist die Schaltzentrale aller Bands. Er ist Reisemittel, Hotel, Proberaum, Liebesnest, Office, Drogenumschlagplatz, Tonstudio und Ersatzteillager in einem. Eine Band ohne Bus ist nicht existent.

# C wie Compact Disc

Welch Revolution: 1982 wurde die Compact Disc eingeführt. Für die jüngeren Leser dieses Werkes: Das war diese silbern glänzende Scheibe, die man in ein Gerät legen musste, um Musik hören zu können. Damit konnte man sogar seine Lieblingsband ohne Internet hören; heute absolut unvorstellbar. 74 Minuten Audiomaterial passten auf eine Scheibe mit 12 cm Durchmesser. Damit war genug Platz für Beethovens 9. Sinfonie.

Was dem damaligen Vizepräsidenten der Firma Sony – Norio Oga – sehr wichtig war.

Im Gegensatz zur Schallplatte war eine CD kleiner, unempfindlicher gegenüber Kratzern und obendrein digital, wodurch auch gleichzeitig ihr Ende eingeleitet wurde, da dadurch 1:1-Kopien möglich wurden. Optimale Voraussetzungen, um Musik übers Netz zu verbreiten.

Während es aber in den 80er-Jahren für kleine Bands noch vollkommen unerschwinglich war, eine eigene CD zu veröffentlichen, änderte sich das Mitte der 90er-Jahre. Kleinere Tonstudios schossen aus dem Boden, immer mehr Presswerke führten zu einem Preisverfall und so konnte man als lokale Newcomer-Band nicht nur eine Demokassette aufnehmen, sondern gleich eine richtige CD.

1993 war es auch für mich so weit: Mit meiner Band nahmen wir in einem Tonstudio, das früher mal ein Schweinestall war, eine CD auf. Dieser Umstand führte leider nicht zwingend zu einer „sauguten" CD. Trotzdem: Wir hatten ein paar Wochen später unsere eigene CD in Kleinstauflage von 500 Stück in unseren Händen. Wir waren stolz wie Bolle und bombardierten damit sämtliche Medien: Innerhalb kürzester Zeit wurde die CD festes Inventar in den Büros der Zeitungen, Radiostationen und Plattenfirmen: als Untersetzer für wackelnde Bürotische.

# D wie Doppelhalsgitarre

Das hat mich mächtig beeindruckt, als Slash von Guns n' Roses bei dem Bob-Dylan-Cover „Knockin' on Heaven's Door" die Bühne mit einer Doppelhalsgitarre betrat. Erst später merkte ich, dass bereits zwanzig Jahre vorher Jimmy Page von Led Zeppelin bei „Stairway to Heaven" mit derselben Gitarre der Marke Gibson nach dem Motto handelte: „Doppelt hält besser."

Aber was hat es mit Doppelhalsgitarren auf sich? Letztendlich sind es zwei verschiedene Gitarren gefangen in einem Körper, meist eine sechssaitige und eine zwölfsaitige Gitarre. Die beiden unterscheiden sich klanglich extrem. Das ist sozusagen das Saiteninstrument mit multipler Persönlichkeit, der flotte Zweier unter den Gitarren. Allerdings kann ich nicht bestätigen, dass man mit diesen Gitarren doppelt so laut, geschweige denn doppelt so gut spielen kann – dafür ist diese Gitarre aber fast doppelt so schwer. Man sollte also nicht nur fingerfertige Hände haben, sondern zwingend auch einen gut trainierten Rücken und am besten noch drei Hände. Viele Bierliebhaber unter den Gitarristen bevorzugen jedoch eher eine klassische Doppelbockgitarre. Davon können sie den Hals nicht vollkriegen. Na dann! Prost!

# E wie Effektgerät

Soll es in meinem Zimmer wunderbar blinken und funkeln, dann schalte ich manchmal einfach mein Gitarren-Effektgerät ein. Die kleinen Lämpchen leuchten so schön, manch E-Gitarrist nennt sein Effektgerät sogar liebevoll Weihnachtsbaum.

Pessimisten behaupten jedoch, dass Effekte die Unzulänglichkeiten eines Gitarristen kaschieren würden. Hier eine kurze Erklärung, damit auch Nicht-Gitarristen mitreden können: Effektgeräte sind Geräte, die zwischen einer E-Gitarre und einem Verstärker verkabelt werden. Mit einem Effektgerät zaubert man Hall oder Echo auf einen Gitarrensound, aber auch der typisch verzerrte Sound wird mit Distortionseffekten realisiert. Meist werden die Effektgeräte auf dem Boden platziert, damit sie der Gitarrist je nach Song mit dem Fuß ein- beziehungsweise ausschalten kann, was bei manchem Gitarristen dazu führt, dass das ewige Gestampfe auf den Fußschaltern fast schon wie ein eleganter Stepptanz wirkt. Böse Zungen behaupten, dass so manch ein Gitarrist filigraner mit seinen Füßen und den Effektgeräten umgehen kann als mit den Fingern auf dem Griffbrett. Manchmal werden diese Bodeneffekte auch gern „Tretminen" genannt.

Der Begriff ist so weit verbreitet, dass beim Eintippen des Suchbegriffes „Tretmine" beim Musikalienhändler Thomann sofort sämtliche Bodeneffektgeräte erscheinen.

Der bekannteste Gitarrist der Fraktion „Effekte" ist vermutlich „The Edge" von U2. Sein leicht angezerrter Echo-Sound an der Gitarre ist legendär. Sein Pedalboard (so nennt man das Brett, welches meist am Boden vor dem Gitarristen liegt und auf dem die Effektgeräte angebracht sind) gehört zu den umfangreichsten und größten Boards, die es wohl im professionellen Rock-Zirkus gibt. Hartnäckig hält sich das Gerücht, dass es leichter sei, ein Spaceshuttle zu bedienen als das Pedalboard von „The Edge".

# F wie Fingersalat

Die Finger – wohl die wichtigsten Körperteile jedes Gitarristen. Ohne Finger geht gar nichts. Insbesondere die Finger an der linken Hand (bei Rechtshänder-Gitarristen) sind durch nichts zu ersetzen. Mit ihren Bewegungen auf dem Griffbrett bestimmen sie, in welcher Tonhöhe die Saiten erklingen sollen. Und sobald sämtliche Finger der linken Hand auf verschiedenen Saiten gedrückt und mit der rechten Hand alle Saiten angespielt werden, dann erklingt im Idealfall ein wunderschöner Akkord.

Allerdings kann es bei manchen Akkorden zu regelrechtem Fingersalat kommen. Jeder, der schon mal versucht hat, einen B13-Akkord zu spielen, weiß, wovon ich spreche. Dieser Akkord ist eigentlich nur zu spielen, wenn man Hände hat, die so groß sind wie Klodeckel. Oder man lässt sich vorher sämtliche Gelenke brechen, um doch noch mehr Flexibilität aus seinen Fingern herauszuholen. Manchmal scheitert es allerdings weniger an der Handgröße, der Fingerlänge oder der Grifftechnik, sondern vielmehr an der Kraft. Für solche Fälle gibt es im Zubehörmarkt extra Fitnessgeräte für Gitarristen; sogenannte Fingertrainer. Dabei drückt man die Finger gegen bewegliche, gefederte Tasten, die an einem Kunststoffteil befestigt sind, das man in der Hand hält. Sozusagen eine mobile Muckibude für die Finger, die auch noch in die Hosentasche passt. Viele Gitarristen können im Übrigen bestätigen:

Bewegliche und durchtrainierte Finger kommen beim anderen Geschlecht mindestens genauso gut an wie ein trainierter Body.

# G wie Gitarrengurt

Man glaubt es kaum, aber ohne ihn würde das Leben eines Gitarristen anders aussehen, denn ohne Gitarrengurt könnte kein Gitarrist auf der Bühne stehen. Das Bild der Rockgitarristen müsste komplett neu erfunden werden. Headbangen im Sitzen? Sähe würdelos aus! Duckwalk, wie es Chuck Berry und Angus Young zelebrierten und zelebrieren? Nicht denkbar! Windmühlenartige Kreisbewegungen mit dem Arm, wie man sie von „The Who"-Gitarrist Pete Townshend kennt? Würden zu erheblichen Verletzungen führen! Dieses Zubehör wird in seiner Bedeutung viel zu sehr unterschätzt. Es gibt den Gitarrengurt übrigens aus verschiedensten Materialien: Leder, Nylon, Baumwolle. Seit Neuestem gibt es sogar spezielle vegane Gitarrengurte. Auch, wenn man das vermuten würde, diese Gurte werden nicht aus Tofu hergestellt. Sollte kein echter Gitarrengurt zur Verfügung stehen, dann tut es auch eine Hundeleine, der Strick vom Dachboden oder das Mikrofonkabel des Sängers. Letzteres hätte zusätzlich den Vorteil, dass endlich die Stimme der Person verstummt, die einem immer die Mädels wegschnappt.

# H wie Headbanging

Was wäre Heavy Metal ohne die ekstatische, rhythmische, nickende Bewegung des Kopfes.
Diese nickende „Ja"-Bewegung kann im Übrigen nicht als Signal gewertet werden, dass Fans von Hard Rock und Heavy Metal durch die Bank Optimisten sind, auch wenn es von außen wirken kann, als sei dieses Kopfnicken eine dauerhafte Zustimmung im Highspeed-Modus.

Die physikalischen Kräfte, die dabei auf den Körper und insbesondere auf den Nacken wirken, sind dabei nicht zu unterschätzen. Muskelkater, Sehnenentzündungen und Schleudertrauma sind im Zusammenhang mit Headbanging keine Fremdwörter. Und für headbangende Gitarristen kommt noch eine weitere Herausforderung hinzu:

Wie schaffe ich es, dass sich beim Headbangen die langen Haare nicht in den Gitarrensaiten verfangen? Nun kommen drei Worte, die kein Gitarrist gern hört: üben, üben, üben!
Moment: Es gibt noch eine Alternative: Man kann auch einfach warten. Denn mit zunehmendem Alter wird sich zumindest bei den männlichen Gitarristen das Problem mit den Haaren von selbst erledigen. Dann hilft nur noch, auf die neue Alternative zurückzugreifen, und zwar auf die Haare auf dem Rücken. Das allerdings hieße dann nicht mehr Headbanging, sondern Backbanging.

# I wie In Tune

Selbst wenn man den besten Song geschrieben hat und geprobt hat bis zum Umfallen, kann die beste Idee auf der Bühne zum Desaster werden, wenn die Gitarre nicht „in tune" ist, also verstimmt ist. Dabei gibt es so viele Hilfsmittel für Gitarristen: Stimmgabeln, Stimmgeräte in allen Formen und Farben, die genau anzeigen, ob eine Saite die richtige Spannung hat und somit gestimmt ist. Es gibt mittlerweile sogar selbststimmende Gitarren. Ich gebe zu: Für manche Gitarristen würde ich mir manchmal selbstspielende Gitarren wünschen. Aber das ist ein anderes Thema.

Sollte man als Gitarrist trotzdem nicht in der Lage sein, seine Gitarre zu stimmen, dann gibt es diverse Möglichkeiten:

Man sucht sich einen Sänger, der keinen einzigen Ton trifft. Das Ergebnis: Ist er mit der verstimmten Gitarre im Einklang, dann könnte es doch noch richtig musikalisch klingen. Falls der Sänger und die Gitarre jedoch weiterhin nicht im Einklang sind, dann kann man als Gitarrist immer noch die Schuld für den schrägen Sound einfach auf den Sänger schieben. Sehr praktisch!

Mir persönlich wäre allerdings ein Stimmgerät aus Fleisch und Blut am liebsten, so wie es die großen Rockstars haben. Die exakte Bezeichnung dafür: Roadie!

# J wie Juwel

Der größte Schatz eines jeden E-Gitarristen ist seine eigene Gitarre. Sie ist wie ein Juwel für ihn. Er hütet und beschützt sie wie einen Diamanten. Im Jahr 2019 wurde die Fender Black Strat (Baujahr 1969) von Pink-Floyd-Gitarrist David Gilmour für sagenhafte vier Millionen Dollar versteigert. Diese Gitarre ist sozusagen der Smaragd unter den Juwelen. Vermutlich wird diese Gitarre nie wieder gespielt werden, sondern verschwindet zum Schutz in einem supersicheren Safe. Je nach Spielfähigkeit des Besitzers geschieht dies im Übrigen auch zum Schutz der Ohren.

Wenn es allerdings eine neue Gitarre sein soll, dann gilt für viele Gitarristen der oberfränkische Musikalienhändler Thomann als der Juwelier. Die teuerste E-Gitarre kostet dort unglaubliche 14.000 €. Bei einigen Thomann-Kunden würde der Wert des Autos auf das Doppelte steigen, sobald solch eine E-Gitarre im Kofferraum läge. Aber es geht auch deutlich günstiger. Die billigste E-Gitarre kostet bei Thomann 79 €. Und selbst hier ist bei manch erfolglosem Jazzgitarristen eine Verdopplung des Kfz-Werts nicht ausgeschlossen.

# K wie Kabelsalat

Was braucht ein E-Gitarrist? Richtig, eine E-Gitarre und natürlich einen Verstärker. Und diese beiden Geräte müssen miteinander kommunizieren und das geschieht gewöhnlich mit einem Gitarrenkabel. Es wäre durchaus mal interessant zu wissen, wie viele Unfälle in der Notaufnahme eines Krankenhauses auf die fehlerhafte Benutzung von Gitarrenkabeln zurückzuführen sind.

Es gibt ganze YouTube-Videosammlungen, in denen es um nichts anderes geht als „Wie verletzt sich ein Gitarrist, weil er mit dem Gitarrenkabel kämpft". In einem Video reißt der Gitarrist mit seinem Kabel einen ganzen Verstärkerturm um. Bei einem anderen Clip wickelt sich das Kabel beim Tanzen komplett um den Gitarristen, sodass er aussieht, als wäre er an einen Marterpfahl gebunden worden. Oftmals wickelt sich so ein Gitarrenkabel gern mal um den Mikroständer, was zur Folge hat, dass bei einem Gang über die Bühne der komplette Mikroständer entweder hinterhergeschleift wird oder sich gleich in den Musiker samt Mikro hineinbohrt.

Übrigens: Nach einem dreistündigen Auftritt erinnert so ein Gitarrenkabel oftmals eher an ein doppelseitiges Teppichklebeband. Das Bier aus umgefallenen Flaschen wird von diesen Kabeln geradezu angesaugt. Sollte man nach dem Konzert mächtig Lust auf Biergeschmack haben und der Backstage-Kühlschrank schon wieder leer sein, so kann man zur Not immer noch das Gitarrenkabel als Biergeschmacksdauerlutscher umfunktionieren.

Wer darauf nach zehn Jahren keinen Bock mehr hat, der leistet sich eine dieser tollen kabellosen Funkstrecken für E-Gitarristen. Schon Angus Young von AC⚡DC wusste das in den 70ern zu schätzen. Leider waren damals diese Funkanlagen noch so groß, dass er sie in seinen „Schulranzen" steckte, den er immer auf der Bühne umgeschnallt hatte. Heute sind die Funkanlagen so klein, dass man sie kaum wahrnimmt. Und es sieht schon sehr cool aus, wenn man auf der Bühne von links nach rechts laufen kann und ins Publikum mit der Klampfe springen kann. Weniger cool ist es allerdings, wenn auf der gleichen Frequenz noch andere Geräte senden.

Ich kann mich noch an den Tag erinnern, als ich gerade zu meinem Gitarrensolo ansetzen wollte, für das ich wochenlang geübt hatte. Ich stellte in alter Rockermanier meinen Fuß auf den Monitorlautsprecher, die Windmaschine ließ mein wallendes Haar flattern und dann riss ich meine Klampfe nach oben, um zum Solo anzusetzen.

Just in diesem Moment streute ein Babyfon in mein Funksystem ein und statt eines brachialen Solos tönte aus meinen Boxen in ohrenbetäubender Lautstärke nur folgender Satz: „Ja, wo is er denn? Hat er ein kleines Scheißerchen gemacht?"

# L wie Laut

Muss das so laut sein? Ja, es muss. Die Frage ist nur: Wieso eigentlich? Diese Frage lässt sich aus verschiedenen Perspektiven beantworten.

Zunächst die technische Antwort:
Die ersten E-Gitarrenverstärker, die in den 30ern und 40ern auf den Markt kamen, hatten nur die Aufgabe, ein Gitarrensignal lauter zu machen. Erst als man diese Verstärker höllisch laut aufgedreht hat, kam ein Effekt zum Tragen, den die Erfinder der ersten Gitarrenamps eigentlich nie haben wollten: Der Verstärker fing an zu zerren. Und genau diesen Effekt entdeckten immer mehr Gitarristen mehr oder weniger durch Zufall für sich, weil sie einfach den Amp zu laut aufdrehten. Der Gitarren- und Verstärkerbauer Leo Fender hat vermutlich die Hände über dem Kopf zusammengeschlagen, als die ersten Gitarristen damit begannen, seinen Fender Super Amp zu quälen und einen Sound herauszukitzeln, den er am liebsten verboten hätte. Aber: Die ersten Bluesgitarristen waren begeistert. Endlich wurde ihr Sound rotziger und dreckiger. Eine Fehlbedienung führte sozusagen zu einem neuen Sound. Diese Fehlbedienung führte aber eben auch dazu, dass es laut sein musste. Ohne Lautstärke keine Verzerrung. Klar: Über die Jahrzehnte entwickelte man Geräte (Verzerrer), die es

ermöglichten, auch Verzerrungen hervorzurufen, ohne dass es höllisch laut sein musste, aber letztendlich klang es selten so wie ein 100-Watt-Marshall-Amp, bei dem alle Regler auf Rechtsanschlag stehen. Der zweite technische Aspekt ist übrigens, dass man einfach mit dem Schlagzeuger mithalten musste. Letztendlich bestimmte der Schlagzeuger also, wie laut der Gitarrist sein darf.

Die emotionale Antwort:
Es geht nicht nur um den Sound, sondern es geht vor allem um das Gefühl. Wer schon mal vor einer mannshohen Marshall-Box gestanden hat, in die Saiten griff und dann gespürt hat, wie die Hosenbeine zu flattern beginnen, weiß, was ich meine.
Es ist ein Gefühl von Stärke, Macht und Überlegenheit. Es wirkt wie eine Droge.
Das Spannende an der Sache ist:
Mittlerweile ist nicht mal mehr entscheidend, ob es wirklich extrem laut ist. Wichtig ist, ob es laut wirkt. Die Marshall-Türme bei der Band Kiss zum Beispiel sind größtenteils Fake. Wirklich wahr: Die sind hohl.

Würde man alle sichtbaren Türme tatsächlich betreiben, bräuchte man vermutlich ein eigenes Kernkraftwerk und die Bühne würde unter der Last der Lautstärke zusammenbrechen.

# M wie Musikschule

Nachdem ich nach monatelangem Sparen meine erste E-Gitarre in der Hand hielt, war ziemlich schnell klar, dass es nicht schaden könnte, wenn ich auch ein wenig Unterricht nehmen würde. Also ganz ehrlich: Mir war das nicht so klar, aber meiner Mutter, denn schließlich wollte sie sich nicht länger die schrägen Töne anhören, die auch nicht besser wurden, nur weil ich sie durch einen Verzerrer jagte.

Also wurde ich in der Musikschule angemeldet. An dieser Stelle möchte ich mal eine Lanze für alle Musikschullehrer brechen. Sie müssen wirklich stark sein. Die meisten von ihnen haben jahrelang ein Instrument studiert, um mit ihrem Instrument filigran umgehen zu können, und jetzt müssen sie sich mit meist pubertierenden, pickligen, stinkenden Teenagern rumschlagen, die Rockgitarre lernen wollen. Und alle Schüler kamen mit dem gleichen Wunsch: Sie wollten „Nothing Else Matters" von Metallica spielen können.

Warum? Weil es der einzige Rocksong ist, der auch bei den Mädels gut ankam. Und weil die ersten Sekunden von nahezu jedem gespielt werden können, der in der Lage ist, sich eine Gitarre umzuhängen. Die ersten 23 Töne des Songs konnte man nämlich spielen, ohne dass man mit der linken Hand auch nur eine Saite hätte drücken müssen. Und auch rhythmisch waren diese 23 Töne nicht unbedingt anspruchsvoll. Man musste nur halbwegs Achtelnoten halten können. Das sollte wirklich jeder auch noch nach acht Bier am Lagerfeuer hinbekommen.

# N wie Noten

Viele Gitarristen konnten und können nur ihre Schulnoten lesen und die waren meist nicht sonderlich gut. Manch Iron-Maiden-Fan hat sogar extra darauf hingearbeitet, um einmal in seinem Leben drei Sechsen im Zeugnis zu haben. Er wollte unbedingt die teuflische 666 auf dem Papier stehen sehen. Gerade im Rockbereich gibt es viele Gitarristen, die – wie Beethoven – keine Noten lesen können. Also zumindest denken sie das, denn selbst im Musikunterricht haben sie oftmals nicht aufgepasst. Hier noch mal für alle zum Mitschreiben: Beethoven war nicht der, der keine Noten lesen konnte, er konnte irgendwann keine Noten mehr hören. Übrigens: Nach so mancher extrem lauten Bandprobe dachte ich mir, dass bei mir irgendwann mal beides zutreffen wird. Und für alle hier noch zwei Hinweise:

1. Die Tonart deutet nicht darauf hin, aus welchem Material das jeweilige Instrument getöpfert wurde.
2. Es ist ein Märchen, dass Musiker ihr Geld am besten bei der Notenbank anlegen sollten.

# O wie Ohrwurm

Endlich einen Hit landen! Das ist doch letztendlich der Wunsch eines jeden zukünftigen Rockstars. Ich nehm mich da nicht aus. Und wenn man es zumindest schafft, einen Ohrwurm zu kreieren, dann hat man schon mal den halben Weg zum Superhit geschafft. Übrigens: Nicht jeder Ohrwurm muss zwingend etwas Positives sein. Mir fallen auf einen Schlag zehn Songs ein, die zwar für mich ein Ohrwurm sind, ich mir jedoch gleichzeitig denke, dass ein Tinnitus am Ende wohl angenehmer wäre.

Es gibt aber auch einige Ohrwürmer, die ich richtig gern mag, bei denen ich mir aber die Frage stelle, was wäre, wenn bestimmte Zufälle nicht zusammengekommen wären. Zum Beispiel beim Song „Smoke on the Water" von Deep Purple. Als es noch keinen Text zu dem Song gab, wurde er von der Band selbst nur der „Durh, Durh, Durh"-Song genannt, Bezug nehmend auf die ersten Töne des legendären Gitarrenriffs. Der Song sollte in einem mobilen Tonstudio in Montreux aufgenommen werden. Als Aufnahmeraum sollte ein Raum im Casino von Montreux dienen. In diesem Casino brach aber bei einem Konzert von Frank Zappa Feuer aus. Der Rauch verbreitete sich über den Genfersee. Daraus wiederum entstand dann die Idee zu dem Song und dem Refrain „Smoke on the Water".

Jetzt stellen wir uns einfach mal vor, es wäre damals nicht zu einem Brand gekommen, dann würde der Song vielleicht heute „Sonnenschein überm Genfersee" heißen. Ein Ohrwurm wäre er vielleicht trotzdem geworden, aber vermutlich niemals eine der großartigsten Rockhymnen. Allerdings hätte „Sonnenschein überm Genfersee" vermutlich nicht unbeträchtliche Chancen gehabt beim Grand Prix der Volksmusik.

# P wie Proberaum

Viele Eltern atmen auf, wenn der Sprössling nach Hause kommt mit der frohen Botschaft: „Wir haben einen Proberaum gefunden!" Die letzten Wochen waren nervenaufreibend für die ganze Familie. Schließlich mussten sie dreimal pro Woche den Lärm einer Teenie-Band im Keller ertragen. In der Nachbarschaft munkelte man schon von einer Scheidung, da die Eltern sich nur noch stundenlang angeschrien haben, weil sie sonst voneinander nix mehr gehört hätten.

Oft befinden sich Proberäume in brachliegenden Industriegebäuden in der Nähe von Bahnhöfen. Aufgrund des knatternden Güterzuglärms scheuen selbst die skrupellosesten Immobilienhändler davor zurück, hier „luxussanierte Wohnappartements in belebtem Viertel mit italienischem Flair" (sprich: Terrakotta-Imitat-Pflanzkübel aus Plastik stehen am Eingang) anzupreisen. Die Bahnhofsnähe erklärt auch den Hang junger Bands, ihre ersten Fotos an besprühten Bahngebäuden oder auf Gleisen zu machen. Ich bin mir manchmal nicht sicher, ob der Bahn überhaupt bewusst ist, welchen Einfluss sie auf die Jugendband-Kultur in Deutschland hat. Zurück zum Thema: Da ist er nun! Der eigene Proberaum! Die komplette Band macht sich erst mal daran, den Raum bespielbar zu machen. Als Erstes rennen alle in den nächsten Supermarkt, um die wichtigsten Utensilien zu besorgen: ein Kasten Bier, ein Flaschenöffner und Hunderte Eier. Gut, die Eier sind eigentlich nicht so wichtig, wichtig sind eigentlich nur die Kartons, um damit den Proberaum zu dämmen, damit es im Raum nicht ganz so schrill klingt. Der Kauf der dazugehörigen Eier hat aber auch den Vorteil, dass man erbosten Zuhörern die Grundlage entzieht, mit dem Wurf von Eiern ihre Meinung zu der gerade dargebotenen Performance kundzutun.

Was gehört noch in einen Proberaum? Alte Teppiche von der verstorbenen Großtante, die oftmals so riechen, als wäre die Großtante genau darauf verstorben. Hinzu kommt noch das alte Sofa der Eltern vom Dachboden, in dem sich immer noch die ganze Familie wohlfühlt, und zwar die Mäusefamilie. Da der Proberaum im Keller oftmals ein wenig feucht ist, mischen sich all diese Gerüche zu einem einzigartigen Gebräu. Übrigens: Diese Feuchtigkeit bietet zusammen mit dem kuscheligen Sofa und dem Teppich den idealen Nährboden für Pilze. Es wird oftmals behauptet, dass in manch einem Proberaum in Deutschland mehr Pilze beheimatet sind als im kompletten Bayerischen Wald.

Selbst, wenn man fünfzehn Jahre nicht mehr in so einem Proberaum gespielt hat, der Geruch begrüßt einen immer wieder, sobald man seine alte Gitarre auspackt, denn der Mief reichert sich auch in sämtlichen Instrumenten und Koffern an. Die jungen Bandmitglieder greifen sofort zu bewährten Hausmitteln, um den Geruch zu übertünchen: Zigaretten und Bier.

Und manchmal, wenn es selbst uns zu viel wurde mit dem Gestank, sind wir in die nahe gelegene Bahnhofskneipe gegangen, um frische Luft zu schnappen.

Um die Mietkosten zu reduzieren, hat man sich dazu entschlossen, eine weitere Band als Untermieter aufzunehmen. Es gilt dabei die eiserne Regel: Jeder darf nur mit seinem eigenen Instrument spielen. Das Schlagzeug, die Gitarren, das Keyboard der anderen Band dürfen nicht in die Hand genommen werden. Aber es hat niemand was gesagt, dass man da nix drauf abstellen darf.

Ich finde: Eine Kiste Augustiner Bier hat doch noch jede Fender Stratocaster verschönert.

# Q wie Qual

Ja, es ist eine Qual, Gitarre spielen zu lernen. Nach den ersten fünf Minuten schmerzen die Hände und das, was da rauskommt, hört sich an, als würde man eine Kreissäge mit einer Tafelkreide kreuzen. Das hat zur Folge, dass nicht jede Gitarre das erste Konzert am Lagerfeuer überlebt. Gitarre spielen lernen ist nicht nur eine Qual für den zukünftigen Musiker, sondern auch oftmals für alle anderen Beteiligten.

Bei mir war es am Anfang klanglich auch eine Katastrophe. Deswegen hab ich die ersten Jahre nur auf einer Saite gespielt. Bis heute konnte mir niemand erklären, wie das funktionieren soll: sechs Saiten für fünf Finger.

Das Spielen an sich ist ja sogar noch relativ einfach, aber das Notenlesen: der blanke Horror!

Der Sohn meines Freundes wollte jetzt auch Gitarre spielen lernen und ist dann nach zwei Wochen doch umgestiegen und spielt jetzt statt Gitarre doch lieber mp3. Ja, es gehört sehr viel Fleiß und Arbeit dazu. Insider nennen es Akkordarbeit! Gitarre spielen lernen ist eben doch, als würde man ein Buch auswendig lernen – nur mit deutlich weniger Saiten.

# R wie Rock 'n' Roll

Diesen Tag werde ich nie vergessen. Wir hatten uns wochenlang zum Proben in den Keller des Schlagzeugers einquartiert. Und auch wenn die Eltern des Schlagzeugers in Bezug auf Lautstärke schon einiges gewohnt waren, sehnten sie sich den Tag herbei, an dem endlich das erste Konzert unserer Teenie Band stattfand, in der Hoffnung, dass dann zumindest für ein paar Wochen Ruhe im Haus herrschen würde. Und beinahe sollten die Eltern recht bekommen, dass nicht nur für ein paar Wochen, sondern niemals mehr eine Band in ihrem Keller proben sollte, denn der erste Auftritt der Band, in der ich spielte, wurde ein Desaster. Und das hatte nichts mit dem Bandnamen zu tun, den wir uns damals suchten. Es gab verschiedene Optionen: „Mixed Pickles", weil der Sänger und ich damals altersgerecht an Akne litten. Auch „Powerline", „The Extremes" und „Go to Hell" waren im Gespräch. Also allesamt Bandnamen, die perfekt zu einer aufstrebenden Band passen, die kaum in der Lage war, ihre Instrumente richtig rum in der Hand zu halten. Vielleicht hätten wir damals tatsächlich mehr Zeit ins Üben investieren sollen als in die Diskussion, wie wir uns nun nennen. Nach ewigen Streitgesprächen haben wir uns dann letztendlich auf den Namen „Nirvana" geeinigt und ich bin ganz ehrlich: Ich war dann schon ziemlich überrascht, als ich zwei Jahre später im Jahr 1991 auf einmal unsere erste Platte in den Plattenläden sah, ohne dass wir in irgendeiner Art und Weise auch nur ansatzweise daran mitgewirkt hätten.

Zwei Monate vor unserem Auftritt hatte unser Bassist zwar noch keinen Bass, aber wir hatten schon ein Plakat, das eindrucksvoll an der Schultür hing: „Nirvana – Live beim Schulsommerfest". Geil! Wir waren alle extrem stolz und sicher: Nach diesem Konzert würden wir die Schule an den Nagel hängen und schnurstracks in den Tourbus einsteigen, um ab sofort nur noch die großen Stadien Europas zu füllen. Es kam anders.

Der Tag X – Sommerfest an der Schule. Wir waren mächtig nervös. Wir hatten die Tage davor nur vor dem Spiegel verbracht, um die lässigsten Klamotten und die coolsten Posen einzustudieren. Um 15 Uhr Treffpunkt vor der Schulaula. Der große Bruder des Schlagzeugers hatte einen alten grünen Ford-Granada-Kombi, der aber schon so abgefuckt war, dass das Grün unter dem rostbraunen Rost verschwand. Mit dem Bruder und dem Granada konnten wir unsere Instrumente auf einen Schwung zur Schule bringen. Zusammen bauten wir unsere Sachen auf. Nur der Sänger kam (wie immer) natürlich erst mal 'ne Stunde später. Warum? Vermutlich, weil er stundenlang vor dem Spiegel posiert hatte, um zu testen, wie man eine Jim-Beam-Flasche am coolsten in der Hand hielt, wobei er eher so roch, als hätte er die Jim-Beam-Flasche stundenlang an den Mund gehalten.

Während der Sänger sich um die Mädels aus der 8a kümmerte, baute der Rest der Band Schlagzeug, Verstärker und Gesangsanlage auf. Nach einem ersten Soundcheck fühlten wir uns schon wie die größten Helden. Jahre später sagte mir mein Kunstlehrer, dass er damals beim Soundcheck schon wusste, dass es zwar laut, aber keinesfalls gut werden würde. Es musste schrecklich geklungen haben – wir aber fühlten uns sicher. Ich meine: Mit einer E-Gitarre in deiner Hand kann einem doch nichts passieren. Eine E-Gitarre in der Hand verleiht doch automatisch Superkräfte. Zumindest im Gegensatz zu einer Geige. Ja, wir waren eine Rockband mit Geige, besser gesagt mit einer Geigerin. Sie hieß Susanne und ihre Geige war eigentlich nie zu hören. Dafür waren meine Gitarre und das Schlagzeug einfach viel zu laut. Aber es war wichtig, dass Susanne mit in der Band war, denn: Sie war die Freundin des Schlagzeugers und dessen Bruder hatte ja den Ford-Granada-Kombi. Manchmal siegt der Pragmatismus über die Kunst.

Apropos Pragmatismus: Unser Bassist war immer pleite. Er hatte es aber doch geschafft, sich zwei Wochen vor Auftritt einen gebrauchten Bass zuzulegen. Der Bass klang gar nicht schlecht, hatte nur einen Haken. Ein Stimmwirbel war defekt. Das wiederum bedeutete, dass eine Saite (natürlich die wichtigste) nicht mehr gestimmt werden konnte. Das hatte wiederum zur Folge, dass sämtliche Instrumente sich nach dem Bass richten mussten in Bezug auf Stimmung. Das wiederum hatte zur Folge, dass wir nicht auf Stimmgeräte zurückgreifen konnten. Das Ergebnis: Geige, Bass und Gitarre klangen zusammen so, als würden die Mitglieder eines Chores in drei verschiedenen Sprachen singen, und zwar gleichzeitig.

20 Uhr – Showtime. Wir gingen auf die Bühne. Wir hatten das hundertmal im Proberaum geübt. Mit lässigem Gang und meiner Gitarre in der einen Hand und die andere Hand zu einem Victoryzeichen geformt stürmte ich die Bühne, um mich sofort in einem meiner Gitarrenkabel zu verheddern und aufs Maul zu legen. Übrigens war zwischen dem Boden und meinem Gesicht noch die Gitarrenkopfplatte mit den Stimmwirbeln aus Metall. Ja, es tat weh, aber ich ließ mir nichts anmerken. Der Schlagzeuger zählte ein und auf einen Schlag legten wir alle gleichzeitig los. Es war laut, aber irgendwie sang der Sänger einen komplett anderen Text. Wir spielten „All Along the Watchtower" und er sang dazu „My Generation" von The Who? Egal. Weitermachen! Aber auf einmal merkte ich, dass der Sänger nicht mehr „My Generation" sang, sondern irgendetwas total Unverständliches. Und als ich ihn so ansah, entdeckte ich am Fuße seines Mikrofonstativs die leer getrunkene Jim-Beam-

Flasche. Wie in Zeitlupe verfolgte ich, während die Band weiterspielte, wie er sich an den Bauch griff, versuchte, von der Bühne zu torkeln, das aber nicht mehr schaffte und zielstrebig in meinen Röhrengitarrenverstärker reinkotzte.

Halt! Es war gar nicht mein Röhrenverstärker, sondern der des Freundes meines Bruders, der mir das Teil mit den Worten geliehen hatte: „Pass auf, von diesem Marshall-Amp gibt es in Deutschland nur noch eine Handvoll." Jetzt waren es wohl nur noch eine Schreinerhandvoll.

30 Sekunden später, ein lauter Knall.

60 Sekunden später stand der Gitarren-Amp in Flammen.

Geistesgegenwärtig fetzte der Musiklehrer zum rettenden Feuerlöscher. Schlimmeres konnte verhindert werden, auch wenn es optisch immerhin schon Rammstein-Flammenwerfer-Niveau hatte.

Das Schulsommerfest war mit diesem ungewollten Feuerwerk beendet. Der Marshall-Amp konnte sich nie von der Kotz- und Feurlöschschaummischung erholen. Mein Bruder hatte keinen Freund mehr mit Gitarrenverstärker. Unser Sänger bekam einen verschärften Verweis wegen Trunkenheit auf dem Schulgelände und ich wusste: Es ist noch ein weiter Weg bis in den Rockolymp.

Oder, um es mit den Worten eines AC⚡DC Klassikers zu sagen: „It's a Long Way to the Top (If You Wanna Rock 'n' Roll)".

# S wie Schallplatte

Ich muss ca. zwölf oder dreizehn Jahre alt gewesen sein, als ich immer öfter in den Schallplatten meiner Geschwister kramte. An ein Plattencover kann ich mich besonders gut erinnern: Scorpions World Wide Live. Es war ein Doppelalbum und auf der Innenseite war ein riesiges Foto aus Sicht des Schlagzeugers Richtung Publikum. Ich weiß nicht, wo das Foto entstanden ist, aber es war ein Open Air mit sicherlich mehreren Zehntausend Besuchern.

Es war mächtig beeindruckend. Und auf der Vorderseite waren die Jungs der Scorpions zu sehen, bewaffnet mit ihren Gitarren. Vor allem Rudolf Schenker mit seiner Gibson Flying V (eine E-Gitarre in Form eines Düsenjets) sprang mir sofort ins Gesicht.

Ich werde den Moment nie vergessen, als ich die Schallplatte auf den Grundig-Plattenteller legte, als mein Vater gerade nicht zu Hause war, und diese unglaubliche Rockwand ertönte. Ein Gitarrengewitter, das nur durch die Stimme von Klaus Meine gestört wurde.

Und durch die Stimme meiner Mutter: „Martin, mach den Krach leiser und komm zum Essen runter!"

Schlagartig wurde ich in die triste Realität eines Zwölfjährigen zurückgeholt. Ein Song der

Scorpions-Scheibe entfachte in meinem Kopf eine Mission, die mich zwar über Jahre beschäftigen, aber die für mich ewig unerreicht bleiben sollte:

*Here I am, Rock You Like a Hurricane.*

Na ja, dann eben doch Fleischpflanzerl bei der Mama.

# T wie Tinnitus

Jeder, der einmal ein amtliches Rockkonzert besucht hat, kennt das. Nach zwei Stunden Dauerbeschallung auf Düsenjägerniveau ist's vorbei mit den Ohren. Nach dem Konzert klingt alles dumpf und die Ohren klingeln. Meistens ist es am nächsten oder übernächsten Tag wieder okay, aber manchmal bleibt das Klingeln auch. Mich würde nicht wundern, wenn mindestens 20 Prozent aller E-Gitarristen heutzutage pfiffige Kerlchen sind und von einem Tinnitus betroffen sind. Das muss nicht immer ein Nachteil sein. Nein, ich zum Beispiel nutze das Pfeifen meiner Ohren als Stimmgerät. Ich hab aber auch wirklich Glück. Mein Tinnitus liegt exakt auf dem Kammerton A 440 Hz. Überdeckt der Tinnitus genau die A-Saite meiner Klampfe, dann weiß ich: Die Gitarre ist perfekt gestimmt.

# U wie Unterricht

Als ich mir mit vierzehn Jahren meine erste E-Gitarre von meinem mühsam zusammengesparten Geld gekauft hatte und ich zu Hause die Saiten zum Klingen brachte, war zumindest meinen Eltern sehr schnell klar: Der Junge braucht Gitarrenunterricht. Aber ehrlich gesagt wollte auch ich wissen, wie man richtig professionell Krach machte.

Ich kann an dieser Stelle sagen, dass Gitarrenunterricht extrem wichtig ist. Zum einen für den Gitarrenlehrer, denn von irgendetwas muss er ja leben. Zum anderen aber auch oftmals für die Nachbarn, denn nur so wissen diese, dass man noch lebt. In diesem Zusammenhang sei noch mal erwähnt, dass es beim Kauf nicht schaden kann, für die Nachbarn auch gleich Ohropax mit auf die Einkaufsliste zu setzen. Sie werden sich freuen und hoffen, dass einem der Gitarrenlehrer sagt, ob nicht das bessere Instrument doch eher Triangel wäre.

# V wie *Viele* Gitarren

Braucht man mehr als eine Gitarre? Was ist das bitte für eine Frage? Hier liegt der Fehler ja schon in der Frage selbst. Muss es nicht eher heißen: Was spricht gegen eine weitere Gitarre? Ich meine: Auf „einer" Gitarre kann man nicht stehen, oder? Aber viele Gitarristen haben eben nicht nur zwei Instrumente, sondern eher sehr viele, denn man braucht ja für jeden Stil eine Gitarre. Eine Akustikgitarre für Folksongs, eine Gibson Les Paul für Led-Zeppelin-Songs. Eine weiße Fender Stratocaster für Hendrix-Songs und eine rote Strat für Dire-Straits-Songs, aber hier bitte nur mit dunklem Palisandergriffbrett. Mittlerweile suche ich mir meine Gitarren passend zu meinem Zimmer aus. Die Maserung meiner Gitarre im Wohnzimmer passt perfekt zu meinem Echtholz-Laminat-Imitat. Und im Schlafzimmer hab ich Gitarren an die Decke gehängt. Wenn ich mal nicht schlafen kann, dann zähl ich die einfach: 83, 84, 85, …
Seit Neuestem hab ich sogar 'ne Gitarre auf dem Klo. Die ist aus Keramik. Und wie klingt die? Richtig Kacke!

# W wie Windmühle

Nein, man muss als Gitarrist nicht einfach nur reglos dastehen und Akkorde runterschrubben.

Gitarre spielen ist mehr. Gitarre spielen ist Ausdruck! Was wäre Jimi Hendrix ohne seine Performance gewesen. Er packte seine Gitarre hinter seinen Kopf und spielte sie fast genauso perfekt, wie wenn er sie normal umhängen gehabt hätte. Und wenn ihm die Finger vom Schrammeln schon wehtaten, dann benutzte er einfach seine Zähne.

Ein Gitarren-Move hat es mir besonders angetan: „The Windmill" – zelebriert und perfektioniert von The-Who-Gitarrist Pete Townshend. Dazu rotiert sein rechter Arm wie ein Windmühlenflügel. Selbstverständlich habe ich sämtliche Moves auch getestet:

Hier die Ergebnisse:

Beim Versuch, mit der Gitarre hinter dem Kopf zu spielen, hab ich mir die Schulter ausgekugelt. Da der Schmerzschrei am Schluss eines Songs kam, wurde das vom Publikum als exzentrischer Höhepunkt gewertet.

Das Spielen mit den Zähnen hat bei mir gut geklappt. Das konnte ich stundenlang machen, mit freundlicher Unterstützung meines Zahnarztes, der mir nach diversen Wurzelbehandlungen titanverstärkte Vorderzähne implantiert hat. Seitdem kann ich mit meinen Zähnen sogar Nägel aus der Wand reißen.

Vor der Windmühle hatte ich immer Respekt. Es gibt einige Videos, die Pete Townshend mit blutigen Fingern zeigen, weil er mit den Fingerkuppen an den Gitarrenstahlsaiten hängen geblieben ist. Es geht mir nicht um die Schmerzen von Pete, sondern eher um die Fans in der ersten Reihe. Pete Townshend war jahrelang hochgradig heroinsüchtig. Sollte ein Fan in der ersten Reihe jemals Blutspritzer abbekommen haben, muss man davon ausgehen, dass er drei Wochen in anderen Sphären gelebt hat.

# X wie XXL

Wenn man auf die Bühnen der großen Rockstars schaut, dann könnte man meinen: „Je größer der Gitarrenverstärker, desto besser." Die Rede ist von XXL-Gitarrenverstärkerwänden, zumeist gelabelt mit dem unverkennbaren Marshall-Logo. Derweil wird jeder E-Gitarrist bestätigen: Es kommt nicht auf die Größe an, sondern auf die Lautstärke.

Trotzdem geht optisch nichts über einen mannshohen Marshall-Turm. Der Verstärker ist sozusagen der Penisvergleich unter den Gitarristen. Meiner ist zum Beispiel sage und schreibe 2,20 m groß. Wohlgemerkt: mein Verstärker, nicht mein Sexualorgan. Kürzlich hatte ich Probleme, meinen neuen XXL-Verstärker durch die Tür in mein Haus zu bekommen. Mir blieb nichts anderes übrig, als im Garten zu üben. Seitdem sehe ich in der Nachbarschaft immer häufiger Umzugswagen stehen mit üblen Blicken und Ohropax befüllten Ohren von genervten Nachbarn. Diese Nachbarn haben den Sinn eines Gitarrenverstärkers bis heute nicht verstanden. Denn für mich ist eine E-Gitarre ohne Verstärker nur eine Flöte mit Saiten.

# Y wie Yoko Ono

Jede Band hat früher oder später mit einer Art „Yoko Ono" zu tun. Also mit einer Person, die im besten Fall die ganze Band inspiriert und im schlechtesten Fall dazu beiträgt, dass sich ein Bandmitglied vom Rest der Band distanziert. Hintergrundinfo: Yoko Ono war die zweite Frau des Beatles-Gitarristen John Lennon. Ihr wurde Ende der 60er-Jahre nachgesagt, sie trage die Hauptschuld an der Auflösung der Beatles. In jüngeren Interviews bestritt Paul McCartney jedoch, dass Yoko der Hauptgrund für die Auflösung gewesen sei. Für das Bild der Person, die eine Beziehung zu einem Bandmitglied hat und das Bandgefüge ziemlich durcheinanderwirbelt, bleibt Yoko Ono trotzdem namensgebend. Der wahre Grund, warum Yoko Ono Einzug in dieses Buch gefunden hat, ist aber, dass es gar nicht so leicht ist, einen Begriff aus dem Rock- und Gitarrenbusiness mit dem Anfangsbuchstaben „Y" zu finden. Aber ich stelle mich gern dieser Herausforderung.

Um das Thema aber mal auf die Standard-Teenie-Band runterzubrechen, die sich im Keller zusammentut, um gemeinsam Rockmusik zu machen: Die wahre Motivation, Gitarre zu spielen, ist doch, Eindruck beim anderen Geschlecht zu hinterlassen. Umso erstaunlicher ist es, dass oftmals das andere Geschlecht Ursache dafür ist, dass sich dann diese

Band wieder auflöst. Es ist aber auch eine schwierige Situation: Endlich beißt die Traumfrau an, weil sie einen bei einem Konzert auf der Bühne gesehen hat, und nach und nach bringt sie Ideen ein, wie denn die Karriere ihres Geliebten weiterzugehen hat. Dieser trägt die Ideen dann weiter in die Band und dann kommt das, was kommen muss:

Bandkrise! Stundenlange Diskussionen im Proberaum! Energie, die man eigentlich in Kreativität hätte stecken können, verpufft in Schuldzuweisungen und handfestem Streit. Letztendlich stehen oftmals zwei Fragen im Raum: Wirft die Band den Gitarristen raus oder wirft der Gitarrist seine Freundin raus. Manchmal passiert sogar beides und am Ende wird die Ex-Freundin die neue Frontfrau der Band.

# Z wie Zubehör

Wer denkt, ein E-Gitarrist braucht nur eine Gitarre und einen Verstärker, der hat sich gewaltig geirrt. Mittlerweile gibt es einen ganzen Industriezweig, der sich ausschließlich mit dem Thema „Zubehör für Gitarristen" beschäftigt. Und warum? Weil der normale Gitarrist ständig dazu neigt, sein Set-up zu optimieren. Tausende Gitarristen beschäftigen sich weniger mit der Frage, wie sie besser spielen können, sondern viel mehr mit der Frage, was sie konsumieren müssen, damit es besser klingt, ohne dass sie besser spielen müssen. Und dieser Konsum kann sogar krankhafte Züge annehmen. Es gibt dafür sogar einen Begriff: „Gear Aquisition Syndrom" – Gitarrenausrüstungsanschaffungssyndrom. Was bedeutet das für den Gitarristen im Alltag: Er kann nicht einfach an einem Gitarrenladen vorbeigehen. Eine innere Stimme leitet ihn hypnotisch immer wieder hinein in einen dieser Konsumtempel, dem Spieleparadies für Saitenkünstler. Das größte Problem: Sie können sich dem Zwang, etwas zu kaufen, nicht entziehen, selbst wenn sie eigentlich nichts brauchen. Wobei man ehrlicherweise sagen muss: Es schadet nie, einen Satz Saiten auf Vorrat zu Hause zu haben.

Die Zubehörliste könnte man ewig fortsetzen. Diese Liste ist die Motivation, warum es sich lohnt, täglich zum Musikalienhändler zu gehen oder zumindest in einem Online-Shop zu stöbern. Denn schließlich braucht man ja Kabel, Effekte, Gitarrengurte, Gitarrentaschen, Gitarrenkoffer, Stimmgeräte, Verstärker, Lautsprecher, Ersatzsaiten, Ersatzverstärker, Ersatzgitarren, Ersatzhände und, und, und, …

Mittlerweile nehmen die Produkte der Gitarrenzubehörindustrie schon sehr skurrile Züge an. Hier die Top 3 des schrägsten Gitarrenzubehörs, das es wirklich gibt:

Platz 3: Der Bierdosenhalter
        für den E-Gitarrenständer

Platz 2: Brotzeitbrettl
        in Fender-Stratocaster-Optik

Platz 1: Der Kühlschrank
        im Marshall-Verstärker-Design

Auf was ich allerdings bis heute warte:
Die selbstübende Gitarre!

# Bewie Bauer live erleben!

„Ein Teenager wird 50!" Kabarock & Comedy

Bewie Bauer ist auf der Zielgeraden zu seinem 50. Geburtstag. Und er kommt ins Grübeln: Was habe ich erreicht? Was will ich noch erleben und warum ist man eigentlich nie zu alt für rebellischen Rock? Sein Leben fing doch eigentlich so gut an, damals in den 80ern, als er mit fünf älteren Brüdern mitten in Oberbayern aufwuchs. Und es wurde noch besser – als Teenager mit seiner ersten E-Gitarre in der Hand in den 90ern mit Nirvana, Nintendo und Diddl-Maus. Und jetzt? Sind Viagra und Granufink schon in Sichtweite? Allein der Gedanke daran beschert Bewie die ersten grauen Haare. Und doch hat er das Gefühl, dass er endlich angekommen ist: irgendwo zwischen „Clearasil" und „fast senil".

Auch in seinem zweiten Solo-Programm sprengt Bewie Bauer die Grenzen zwischen Stand-Up-Comedy, Parodie und Musikkabarett. In seinem rasanten Crossover-Programm geht es Schlag auf Schlag: Rocksongs zum Mitgrölen wechseln sich ab mit skurrilen Figuren aus seinem bayerischen Alltag. Dazu kommen noch seine pointierten Beobachtungen aus seinem Leben als Fast-50-Jähriger. Bewies persönliche Halftime Show ist nicht nur musikalisch, sondern manchmal auch nachdenklich und am Ende vor allem urkomisch.

Alle Termine auf
www.bewie-bauer.de